AF557375

Die Fremden am Deich

In Einfacher Sprache

Spaß am Lesen Verlag
www.spassamlesenverlag.de

Autorin: Susanne Ganser
Druck: Easy-to-Read Publications

ISBN 978-3-944668-74-1

Susanne Ganser

Die Fremden am Deich

In Einfacher Sprache

Lese-Perlen ist unsere Reihe
mit kurzen Romanen.

Jedes Buch enthält

eine interessante Geschichte

aus dem Leben,

erzählt in Einfacher Sprache.

1

Was ist denn das für ein Krach?
Wilma reibt sich die Augen.
Sie schaut auf ihren Wecker.
Es ist 7 Uhr morgens.

Der Krach kommt von draußen.
Was ist denn da los?

Wilma hört Motoren-Geräusche.
Und Stimmen.
Stimmen von Menschen.
Von sehr vielen Menschen.
Die Stimmen klingen aufgeregt.

Wilma steht auf.
Sie zieht ihre Hausschuhe an.
Und ihren Bademantel.

Das Aufstehen geht nicht mehr
so schnell.
Denn Wilma ist 77 Jahre alt.
Und sie hat Schmerzen im Rücken.

2

Unten wartet Wilmas Hund Toffi.
Er begrüßt Wilma.
Mit einem Tanz um ihre Beine.
Und er wedelt mit dem Schwanz.

„Ja, Toffi. Ist ja gut“, sagt Wilma.
„Gleich gibt es Frühstück.“

Wilma geht zum Küchenfenster.
Und guckt raus.

Auf der anderen Straßenseite
sieht sie drei große Busse.

Sie stehen vor dem
alten Fischerei-Gebäude.
Die alte Fischerei ist hell erleuchtet.

Wilma sieht viele Menschen.
Mit Koffern.
Es sind Erwachsene und Kinder.

Die Menschen sind aufgeregt.
Sie rufen und reden durcheinander.
Sie haben eine dunkle Hautfarbe.
Die Menschen machen Wilma Angst.

„Du musst noch kurz warten“,
sagt Wilma zu Toffi.
„Ich muss wissen, was da los ist!“
Wilma geht nach draußen.

3

Wilma steht jetzt vor
der alten Fischerei.
Zwischen all den Menschen.
Sie sprechen eine andere Sprache.
„Ist das Arabisch?“, denkt Wilma.

Ein älterer Mann schaut Wilma
mit großen Augen an.
Von oben bis unten.
Wilma trägt noch immer
den Bademantel.
Ein junger Mann schaut auch.
Und lacht.

Aber das ist Wilma egal.
Sie ist sehr aufgeregt.

Wilma guckt in die Menge.
Ist denn hier keine Polizei?
Oder irgendjemand,
der ihr etwas sagen kann?
Der erklärt, was hier los ist?

Ah!
Da hinten ist ein Sanitäter.
Ist denn jemand verletzt?
Wohl nicht.
Der Sanitäter beruhigt
die aufgeregten Leute.

4

Wilma drängt sich durch die Menge.
Der Sanitäter steht
mit dem Rücken zu Wilma.
Er spricht mit einer weinenden Frau.

Wilma rüttelt ihn aufgeregt am Arm.
„Hallo, Sie. Hören Sie mal!
Was ist denn hier los?
Was sollen denn all
die Menschen hier?"

Der Sanitäter dreht sich nicht
zu Wilma um.

„Einen Augenblick bitte“, sagt er.
„Ich komme gleich zu Ihnen.“
Er spricht weiter mit
der weinenden Frau.

„Nein!“, ruft Wilma laut.
Sie zieht den Sanitäter jetzt
kräftig am Arm.
„Ich will jetzt sofort wissen,
was das hier soll!“

Der Sanitäter dreht sich endlich um.
Und guckt Wilma ärgerlich an.

Er antwortet: „Liebe Frau.
Diese Menschen sind Flüchtlinge.
Und ich muss mich um sie kümmern.

Gehen Sie bitte zurück in Ihr Haus.
Später kommt jemand
bei Ihnen vorbei.
Und erklärt Ihnen alles."
Dann dreht er sich sofort wieder weg.

Wilma steht da.
Sie ist schockiert.
Und fühlt sich hilflos.
Und alleine.

Flüchtlinge?
Hier?
In diesem kleinen Dorf?
Ganz verwirrt geht Wilma
zurück nach Hause.

5

Wilma ist wieder in ihrer Küche.
Sie gibt Toffi endlich sein Futter.
Und macht sich einen Tee.

Dann setzt sie sich
an den kleinen Küchentisch.
Und schaut Toffi beim Fressen zu.

„Flüchtlinge, Toffi!", sagt sie.
„Die spinnen doch!
Hier ist doch nichts!
Was sollen die denn hier?
Hier können die nicht bleiben."

Wilma trinkt ihren Tee
und geht dann nach oben.
Sie muss sich anziehen.

6

Wilmas Dorf liegt hinter einem Deich.
Es ist wirklich ein kleines Dorf.
Eigentlich ist es gar kein Dorf.
Denn es gibt nur drei Häuser.

Wilmas Haus.
Das Haus von ihrem Nachbarn Hans.
Und das Haus von Ilse und Frank.
Das ist ein junges Pärchen.
Die beiden arbeiten viel im Ausland.
Und sind nur selten da.

Und dann gibt es die alte Fischerei.

Da wird aber nicht mehr gearbeitet.
Die alte Fischerei steht schon
seit Jahren leer.

Es gibt keinen Laden.
Es gibt keinen Gasthof.
Und auch keine Kirche.

All das gibt es in der nächsten Stadt.
Eigentlich zählen die drei Häuser
auch zu der kleinen Stadt.
Aber für Wilma sind
die drei Häuser „das Dorf".

Hier im Dorf passiert nie etwas.
Manchmal kommen Menschen
für einen Spaziergang hierher.

Denn direkt hinter dem Deich
ist das Meer.

Aber sonst passiert hier nichts.
Früher war das anders.
Als in der Fischerei noch
gearbeitet wurde.

7

Es ist jetzt Mittag.
Wilma ist wieder in der Küche.
Sie steht am Fenster und
beobachtet die alte Fischerei.

Jetzt sind auch Polizei-Autos da.
Die meisten Menschen
sind in das Gebäude gegangen.

Wilma denkt an früher.
An damals.
Als ihr Mann Jan noch lebte.
Da war hier viel los.

Jan arbeitete in der Fischerei.
Dort arbeiteten bestimmt
40 Menschen.
Tag und Nacht.

Fischer brachten ihre
frisch gefangenen Fische.
In der Fischerei wurden
die Fische geputzt.
Dann sortiert.
Und danach wurden die Fische
in große Kühl-Wagen gepackt.
Und in die Stadt gefahren.
Dort wurden die Fische verkauft.

So war das hier früher.
Es war immer etwas los.

Aber dann gab es
immer weniger Fische.
Und die Fischerei wurde geschlossen.
Keiner kam mehr zum Arbeiten her.
„Wäre Jan doch jetzt hier“,
denkt Wilma.

8

Wilma hat auch eine Tochter.
Sie heißt Hanna.
Hanna ist erwachsen.
Sie lebt in einem anderen Dorf.
Sie hat eine eigene Familie.

Wilma hat Hanna lange
nicht gesehen.
Sie haben sich gestritten.
Ganz schlimm gestritten.
Und jetzt sprechen die beiden
nicht mehr miteinander.
Schon seit drei Jahren.

Das macht Wilma traurig.
Wilma ist einsam.
Aber sie ist auch wütend.

Am liebsten will sie sich
mit Hanna vertragen.
Aber Hanna hat Wilma beleidigt.
Und Hanna hat sich nicht
entschuldigt.

„Wenn Hanna sich vertragen will,
soll sie sich bei mir melden“,
denkt Wilma.
„Und sich entschuldigen.
Ich brauche niemanden.
Und außerdem habe ich ja Toffi.“

9

Jetzt ist es schon Nachmittag.
Es klingelt an der Tür.
Wilmas Nachbar Hans kommt
mit einem Polizisten.

„Hallo Wilma", sagt Hans.
„Dürfen wir reinkommen?
Dieser Polizist will mit uns reden."

„Kommt rein", sagt Wilma.

Sie geht vor in die Küche.
Und macht einen Tee.

Hans und der Polizist setzen sich
an den Küchentisch.

„Also, es ist so“, sagt der Polizist.
„Im Moment kommen sehr viele
Flüchtlinge nach Deutschland.
Das haben Sie bestimmt in den
Nachrichten gesehen.“

Wilma und Hans nicken.

Der Polizist erklärt weiter.
„Die Flüchtlinge werden jetzt
im ganzen Land untergebracht.
Auch hier bei uns.
Deshalb sind die Flüchtlinge
jetzt in der alten Fischerei.“

„Aber warum denn hier?“,
fragt Wilma.
„Hier gibt es doch nichts.
Nicht mal einen Laden.“
„Das würde ich auch gerne wissen“,
sagt Hans.

„Wir haben kein anderes Gebäude
gefunden“, sagt der Polizist.
„Wir suchen nach einer Lösung.
Aber jetzt bleiben die Flüchtlinge
erstmal hier.“

Hans und Wilma gucken sich an.
Sie wissen nicht, was sie sagen sollen.
Sie sind sprachlos.

10

Der Polizist ist gegangen.
Wilma und Hans sitzen
noch immer am Tisch.

„Ich will das nicht, Hans!",
sagt Wilma.
„Ich will diese Fremden nicht in
unserem Dorf.
Die sprechen eine andere Sprache.
Und die sind ganz anders als wir.
Und was machen wir,
wenn sie etwas klauen?
Oder bei uns einbrechen?"

„Stimmt“, sagt Hans.
„Ich will auch keine Fremden hier.
Weißt du was?
Morgen gehen wir in die Stadt.
Zum Bürgermeister.
Und wir protestieren.“

„Ja, Hans.
Das machen wir!“, sagt Wilma.

11

Ein paar Wochen sind vergangen.

Wilma und Hans sind
zum Bürgermeister gegangen.
Aber der wollte ihnen nicht helfen.

Wilma und Hans sind wütend.
Sie fühlen sich alleine gelassen.
Die Flüchtlinge sind immer noch da.
Es gibt kein anderes Gebäude für sie.

Wilma steht jetzt beinah den ganzen
Tag vor ihrem Küchenfenster.

Und schaut rüber zur alten Fischerei.
Sie beobachtet die Flüchtlinge.

Sie sieht Kinder spielen.
Männer stehen in Gruppen
zusammen.
Und rauchen.
Die Frauen sind meistens drinnen.
Nur manchmal sieht Wilma sie.
Wenn sie die Wäsche aufhängen.

Wilma hat Angst.
Sie geht nicht mehr auf die Straße.
Hans kauft für sie ein.
Sogar Toffi darf nur noch in den
Garten.
Wilma bewacht ihr Haus.

Sie schließt jetzt immer alle Türen ab.
Das hat sie früher nie gemacht.
Aber sie traut den Flüchtlingen nicht.
Die wollen bestimmt etwas klauen.

Jetzt fühlt Wilma sich richtig alleine.
Vielleicht sollte sie doch
ihre Tochter Hanna anrufen?
Aber jetzt hat sie schon so lange
nicht mit Hanna gesprochen.
Wilma fehlt der Mut,
um Hanna anzurufen.
Wilma ist gar nicht mehr wütend.
Aber sie denkt:
„Was mache ich, wenn Hanna
nicht mit mir spricht?
Dann bin ich noch trauriger als jetzt.“

12

Es ist Wochenende.

Heute hat Wilma gute Laune.
Sie hat ihre Nachbarn Ilse und Frank
zum Essen eingeladen.
Endlich mal wieder Besuch!

Wilma kocht.
Sie macht einen Braten.
Und zum Nachtisch gibt es Eis.

Wilma freut sich.
Und singt vor sich hin.

Auf einmal klingelt es an der Tür.
Ist das ihr Besuch?
Es ist doch noch viel zu früh!

Wilma macht die Tür auf.
Vor ihr steht eine junge Frau.
Sie hat dunkle Haut.
Und ganz dunkle Augen.
Beinahe schwarz.

Die Frau hat eine Schüssel dabei.
Mit Essen darin.
Sie sagt etwas.
Auf Englisch.
Dann lächelt sie.
Und will Wilma das Essen geben.
Sie hält Wilma die Schüssel hin.

Aber Wilma ist ganz erschrocken.
Und knallt einfach die Tür zu.
Ihr Herz schlägt ganz schnell.

Wilma bleibt noch einen Moment
hinter der Tür stehen.
Ist die Frau jetzt weg?
Hoffentlich!

Dann geht Wilma wieder
in die Küche.
Toffi liegt unter den Tisch.
„Ich will nichts mit den Leuten
zu tun haben!
Hörst du, Toffi?
Nichts!“, sagt Wilma.
Toffi kaut auf einem Knochen.

13

Es ist 7 Uhr abends.
Und Wilma wartet auf ihren Besuch.
Der Braten ist fertig.
Ilse und Frank sollten
schon lange hier sein.

Da klingelt das Telefon.
Es ist Ilse.
„Entschuldige Wilma.
Aber wir können leider
nicht kommen.
Ich stehe am Flughafen.
Und warte auf Frank.

Aber sein Flug hat Verspätung.
Wegen dem Sturm."

Wilma schaut aus dem Fenster.
Es stimmt.
Draußen weht ein kräftiger Wind.

„Ach, wie schade", sagt Wilma.
„Aber da kann man nichts machen.
Dann ein anderes Mal."

„Ja", sagt Ilse.
„Ein anderes Mal."

Wilma ist enttäuscht.
Sehr enttäuscht.
Jetzt fühlt sie sich so einsam!

Sie hat Tränen in den Augen.
Das ganze Kochen umsonst.
Und was soll sie mit
dem ganzen Essen machen?

14

Wilma geht dann
ganz früh ins Bett.
Ohne Abendessen.
Sie hat nichts von
dem Braten gegessen.
Sie hat keinen Hunger.
Denn sie ist traurig.

Draußen stürmt es jetzt heftig.
Es ist sogar gefährlich draußen.
Das haben sie im Radio gesagt.
Da will man nicht
auf der Straße sein.

Auf einmal hört Wilma noch
andere Geräusche.
Nicht nur den Sturm.

Sie hört Musik.
Sie hört Trommeln.
Und Stimmen.
Frauenstimmen.
Aber sie singen nicht richtig.
Sie machen unheimliche,
hohe Geräusche.
Das klingt gruselig!

Wilma zieht sich die Decke
über den Kopf.
Die Flüchtlinge feiern wohl ein Fest.
Wilma versucht sich zu beruhigen.

15

Es ist Mitternacht.
Die Flüchtlinge feiern immer noch.
Und der Sturm ist noch
schlimmer geworden.
Wilma kann nicht schlafen.
Sie hat Angst.

Plötzlich hört sie etwas
an der Hintertür.
Es klappert.
Als ob jemand versucht,
die Tür aufzumachen.

Wilma hat furchtbare Angst.
„Jemand will einbrechen!

Jemand will mich ermorden!“,
denkt Wilma.
Wilma hat Panik.

Auf einmal hört das Klappern auf.
„Vielleicht ist der Einbrecher
jetzt im Haus?“, denkt Wilma.

Ihr Herz schlägt ganz schnell.
Sie traut sich nicht zu atmen.
Sie traut sich nicht, sich zu bewegen.
Ganz starr liegt sie in ihrem Bett.
Mit der Bettdecke über dem Kopf.

Stunden vergehen.
Irgendwann schläft Wilma ein.

16

Als Wilma wach wird,
ist es schon 11 Uhr.
Sonst schläft sie nie so lange.
Dann denkt Wilma an
die letzte Nacht.
„Das war schrecklich!“, denkt Wilma.

Langsam steigt sie aus dem Bett.
Und geht nach unten.
Toffi wartet schon in der Küche.
Wilma gibt ihm zu essen.
Und setzt dann Wasser auf.
Für ihren Tee.

Sie fühlt sich schrecklich.
Sie ist so müde.
Und alle Knochen tun ihr weh.
Als ob sie ganz lange
gelaufen wäre.

Auf einmal klingelt es wieder
an der Tür.
Wilma zuckt zusammen.
Sofort hat sie wieder Angst.
„Wer ist das?“, denkt Wilma.
„Diese Flüchtlinge sollen mich
in Ruhe lassen.
Aber vielleicht ist es ja nur Ilse.
Vielleicht will sie sich noch einmal
entschuldigen?
Wegen dem Abendessen.“

Wilma öffnet vorsichtig die Tür.
Aber es ist nicht Ilse.
Vor ihr steht wieder diese
dunkle Frau.
Die Frau lächelt ganz freundlich.

Wilma schaut ihr direkt in die Augen.
Diese Augen.
Diese dunklen Augen …
Plötzlich wird alles undeutlich.
Wilma hört noch Toffi knurren.
Dann wird alles ganz schwarz
um sie herum.

17

Kurze Zeit später
öffnet Wilma ihre Augen.
Sie liegt auf ihrem Sofa
im Wohnzimmer.

Die dunkle Frau sitzt neben ihr.
Sie hält Wilmas Handgelenk.

„Warum liege ich hier auf dem Sofa?
Warum hält diese Frau
mein Handgelenk fest?
Was soll das?“,
denkt Wilma.

Schnell zieht sie ihre Hand weg.
Und versucht aufzustehen.
Aber ihr wird wieder schwindelig.
Und sie fällt zurück auf das Sofa.
Wilma fühlt sich ganz schwach.

„Ist okay. Ist okay",
sagt jetzt die dunkle Frau.
Sie hat eine schöne Stimme.
Ganz ruhig.
Die Frau streichelt Wilma
über den Kopf.
Wie bei einem Kind.

„Ist okay", sagt sie dann nochmal.
„Mein Name ... Sanam.
Ich ... Doktor ... von Syrien."

Wilma schließt die Augen.
„Syrien“, denkt sie.
„Stimmt. Das haben sie
in den Nachrichten gesagt.
Viele Flüchtlinge kommen
aus Syrien.“

Die Frau nimmt Wilmas Hand.
Sie summt leise eine Melodie.
Und Wilma bleibt einfach liegen.
Sie ist müde.
Aber sie hat keine Angst mehr.

18

Wilma ruht sich noch aus.
Dann ruft sie Hans an.

Zehn Minuten später ist Hans da.
Er fährt mit Wilma
zum Krankenhaus.
In die Stadt.
Und Sanam kommt auch mit.

Im Krankenhaus
wird Wilma untersucht.
Ihr Herz.
Ihr Blut.

Und noch vieles mehr.
Der Arzt im Krankenhaus
ist sehr nett.
Er sagt: „Alles ist gut.
Sie haben sich nur aufgeregt.
Darum sind sie umgekippt.
Aber sie brauchen sich keine Sorgen
zu machen.
Sie sind ganz gesund."

Wilma ist erleichtert.
Sie war schon lange nicht mehr
beim Arzt.
Sie bedankt sich bei dem Arzt.
Und bei Hans.
Und bei Sanam.
Sanam und Hans lächeln sich an.

19

Ein Monat ist vergangen.
Wilma geht es gut.

Sie geht wieder nach draußen.
Mit Toffi.
Mit Hans.
Und mit Sanam.
Denn Sanam und Wilma
sind Freundinnen geworden.

Sanam kommt jetzt jeden Tag
bei Wilma vorbei.
Dann trinken sie Tee.
Und üben Deutsch.
Wilma mag Sanam sehr.

Sie ist eine nette junge Frau.
Sanam kennt schon
viele deutsche Wörter.
Wilma übt mit ihr.
Das macht Wilma Spaß.

Sanam lernt schnell.
Denn sie ist sehr schlau.
Sie ist ja Ärztin.

20

Wilma ist wirklich glücklich.
Bald hat sie Geburtstag.
Sie wird 78 Jahre alt.

Wilma will ein kleines Fest feiern.
Sie will Hans einladen.
Und Ilse und Frank.
Und natürlich ihre neue Freundin.
Sanam.
Und …?

Wilma versucht,
Sanam von Hanna zu erzählen.
Von dem Streit.
Dass Hanna sie angebrüllt hat.

Und wie lange sie und Hanna
schon nicht miteinander reden.

Sanam versteht nicht alles,
was Wilma erzählt.
Aber sie lächelt.
Und streichelt Wilmas Hand.
„Du und Hanna reden“, sagt Sanam.

Wilma braucht noch Zeit.
Sie denkt darüber nach,
was Sanam gesagt hat:
„Du und Hanna reden.
Alles wird gut.“

Ein paar Tage sind vergangen.
Wilma denkt jeden Tag an den Streit.

Und an Hanna.
Endlich trifft sie eine Entscheidung.

Wilma geht zum Telefon.
Langsam nimmt sie den Hörer ab.
Und wählt eine Nummer.

Wilmas Herz schlägt ganz schnell.
Sie lauscht dem Tuten.
Dann hört sie Hannas Stimme.

Wilma will etwas sagen.
Aber es geht nicht.
Sie bringt kein Wort heraus.

Dann sagt Hanna: „Hallo?
Mama? Bist du das?“

Wilmas Augen werden ganz feucht.
Und sie muss schlucken.
„Ja“, sagt Wilma.
„Hallo Hanna.
Ich habe dich so vermisst.“

Ein Weilchen sind
Hanna und Wilma beide ganz still.

Dann sagt Hanna:
„Mama, ich habe dich auch
vermisst!“

Und dann fangen sie an zu reden.
Erst ganz vorsichtig.
Und plötzlich ist alles ganz leicht.
Sie reden durcheinander.

Sie lachen.
Zwischendurch weinen sie auch.

Wilma denkt:
„Das fühlt sich ganz komisch an."
Dann merkt Wilma:
So fühlt sich Glücklich-Sein an.